Les amoureux

À Séverine, la maîtresse-fée du CP
qui apprend la magie de lire.
M.

www.editions.flammarion.com

Éditions Flammarion - 87, quai Panhard-et-Levassor, 75647 Paris Cedex 13
ISBN : 978-2-0812-6400-7 - N° d'édition : L.01EJEN000715.C006
Dépôt légal : mai 2012
Imprimé en France par Pollina S. A. - février 2014 - L67687
Loi n° 49-956 du 16 juillet 1949 sur les publications destinées à la jeunesse.

Les amoureux

Texte de
Magdalena

Illustrations
d'**Emmanuel Ristord**

Castor Poche

Ce matin, devant la classe,
Lou et Alice ont trouvé un petit mot par terre.
Il y a un cœur dessiné dessus.
Sous le cœur, Lou lit à voix haute :
« *Je t'aime.* »

« Oh, oh ! dit Lou,
il y a un amoureux dans la classe.
– Ou une amoureuse, rectifie Alice.
– On doit trouver qui a écrit le mot, dit Lou.
– Et pour qui est le mot » ajoute Alice.

lundi
mardi
mercredi
jeudi
vendredi
samedi
dimanche
Je t'aime.

En classe, Réda s'agite.
Il fouille partout :
il cherche le petit papier, il l'a perdu !

Réda dessine un beau cœur rouge
sur un nouveau petit papier.
Il ne voit même pas que Lou
et Alice l'observent.

« Regarde, dit Lou, c'est Réda l'amoureux.
— Mais alors, qui est son amoureuse ?
demande Alice.
— Moi, peut-être, répond Lou.
— Non, c'est sans doute moi, renchérit Alice.
— Chut, les pipelettes !
Gardez vos bavardages pour la récréation »
dit maîtresse Julie en faisant les gros yeux.

À la récré, Lou et Alice taquinent Réda.
Elles chantent et tournent autour de lui.
« Tu es amoureux, tralala, on le sait…
On t'a vu dessiner le cœur ! »

Réda devient tout rouge, il bafouille :
« Non, non, ce n'est pas moi…
– C'est pour moi le mot ? demande Alice.
– Ou pour moi ? » demande Lou.

Réda est embarrassé, il baisse la tête.

Les deux chipies racontent leur secret
à l'oreille de Selma, de Fatou,
de Léa et d'Ana.
Les filles regardent Réda,
elles ont un sourire au coin des lèvres.
Elles veulent toutes être l'amoureuse de Réda.
Il est toujours gentil et il écrit drôlement bien.

À la fin de la récré, Réda donne discrètement le papier à Noé.

Il lui chuchote :
« Voilà ton mot, mais Lou et Alice m'ont vu, et les filles croient que je suis amoureux.
– Merci, Réda, tu es super » répond Noé.

Aussitôt, il cache le mot dans la poche de son pantalon.

De retour en classe,
Noé sort le mot de sa poche, il le signe.
Puis, il attend que Mia, sa voisine, se retourne,
et, vite, vite, il glisse son mot dans le cahier
de Mia.

Alice et Lou observent Réda.
Réda regarde Noé.
Et Noé regarde Mia.

jeudi
endredi
samedi
dimanche

Quand Mia ouvre son cahier,
elle lit le mot et rougit.
Ensuite, elle sourit à Noé qui rougit aussi.
Alice et Lou ont tout vu :
elles ont tout compris.
Les amoureux sont Mia et Noé !

À la cantine,
Noé et Mia mangent à la même table.
Réda, le curieux, les rejoint,
Alice et Lou prennent les deux dernières
chaises pour être à la même table que Réda.

Réda demande à Alice et Lou :
« Alors, qui c'est l'amoureux ?
– Ce n'est pas toi, dit Alice.
– Tu avais raison » ajoute Lou.

Du coup, les deux chipies boudent un peu, car elles sont déçues.

Noé et Mia papotent et rigolent.
Ils sont rouges comme des tomates.

Lou demande à Réda :
« Tu crois qu'il y a d'autres amoureux dans la classe ?
– Heu, je ne sais pas » répond Réda.

Lou et Alice se disputent.
« Réda sera mon amoureux, affirme Lou.
– Non, ce sera le mien » rétorque Alice.

En fin d'après-midi,
quand le travail est terminé,
Réda montre à Lou et Alice
comment dessiner des cœurs.
Des petits, des gros, des grands.

Réda dit à Lou et Alice :
« Fermez les yeux,
j'ai une surprise pour vous. »

Il a écrit sur la feuille :
*« Je vous aime toutes les deux,
vous êtes mes meilleures copines.
Réda »*

Je vous aime
toutes les deux,
vous êtes mes
meilleures copines
Réda

À la sortie, Lou et Alice marchent
bras dessus, bras dessous avec Réda.
Mia et Noé, les amoureux,
s'en vont main dans la main !

Retrouve les histoires de **Je suis en CP**

pour t'accompagner tout au long de l'année !
3 niveaux de lecture correspondant aux grandes étapes d'apprentissage, de la lecture accompagnée à la lecture autonome.

Niveau 1 : premier trimestre
Niveau 2 : deuxième trimestre
Niveau 3 : troisième trimestre

Déjà parus :

C'est la rentrée !
Niveau 1

Dispute à la récré
Niveau 1

Jour de piscine
Niveau 2

La remplaçante
Niveau 2

La fête de l'école
Niveau 3